알바니아 의자

정정화

시인의 말

아직 뚜껑조차 열지 못한 물감들이 많다.

이 색이 어울릴지 조금 확인만 하고 닫아 놓은 것들도 있다.

너무 오래되어 굳어 버린 것들도 여러 개나 된다.

온 힘을 다해 열어도 열리지 않는 물감들,

그러나 가만히 문을 두드리듯 똑똑 두드리면

기다렸다는 듯 쉽게 열리기도 한다.

그 시간이 시가 되어 나올 때까지 기다렸다.

그러는 동안에 나는 어떤 말들을 잊고야 말았다.

몸으로 깨워야 할 말들이 몸 안에 아직 그대로 가득하다.

누가 이 말들을 다시 풀어놓을 것인가.

오로지 내가 해야 할 일이다.

당신이 읽고 나서야 햇빛으로 돌아갈 수 있는 말이다.

2022년 9월

서호가 보이는 창가에서

정정화

알바니아 의자

차례

1부 믿을 수 없는 일

2부 혼자서 집으로 돌아가는 연습

3부 목화송이들이 기쁘게 피어날 거예요

4부 오래된 베개 속에 팬지꽃을 넣어 두었지

해설

1부

믿을 수 없는 일

이제는 없는 나날을 세다

얼룩이라고 생각하지 않았다
꽃무늬 벽지를 한 번도 의심하지 않았으니까
식탁 아래에서는 아이들 발바닥이 날마다 넓어졌다
팔월의 달력은 해변의 모래사장과 개들의 산책으로
시작하고
우체국을 지나면 독일제빵 또 지나면 딱따구리문구
내 서랍장은 문구점을 열었다 닫았다
색색의 볼펜과 메모지, 일기장은 가득했지만
어떤 문장도 쓸 수 없었다

밤늦게 돌아온 부은 신발들이 현관 앞에 두 발 오므
리고 있을 때도
수도꼭지에서 똑똑똑 떨어지는 물방울이 이마에 부
딪혀도
수건을 개고
글씨를 예쁘게 쓰면 함박눈이 내릴지 모른다고
그렇지만 일기장은 온통 거짓말로 먼지가 뽀얗게 내
려앉았을 뿐

허겁지겁 먹는 식습관만큼 오래된
손톱을 물어뜯는 일
한여름에도 내복을 입고 양말을 신고 잠드는 일

식탁에서 시작되는 매일은 넝쿨 식물이 된다
서로의 지느러미를 뜯어 숟가락 위에 올려 주고
메마른 손톱을 만져 주는 동안에도
날은 어두워져 변기에서는 물이 계속 샌다

빨간 세숫대야에 솜뭉치 기저귀를 종일 주물럭거리
던 그녀
화장품을 하수구에 쏟아 버린 그녀가
이제는 없다
아무 일 없다는 듯 아픈 것들을 둥글게 둥글게 깎는
마음의 테두리들

버리지 못한 꽃무늬 스웨터를 꺼내 입었다
뜨거운 야채수프를 먹고 싶어 방문을 연다

방 한가운데서 자라나는 당신의 나뭇가지에서는
아이스크림 냄새가 퍼진다

금요일의 문장

여름 산책은 길어졌습니다

죽은 화분들이 동그랗게 앉아 있습니다
테이블은 창가를 생각합니다
골목을 지나가는 족제비 이름을 부르면
붉은 꼬리라도 생길까요

더 어두워질 때를 기다려야 하는데
오래 펼쳐진 잠과 얼룩들은 소나기에 젖은 책처럼 부
풀고
창문이 만져지는 구름은
그러나 보이지를 않는군요
물 항아리처럼 출렁이는 오후를 멀리서 그냥 듣기만
할 거예요

난 고작 빈 병 같아서
자주색 달개비의 새끼발가락 하나 뜯어 꽂아 둘 뿐이
니까요

최대한 많은 이름을 여름에 빌려주고 싶었지만
아주 간절해지는 것들은 때로 지루해져
구두를 벗습니다
책장에서 여름의 목록을 정리하고
저녁이 내리는 오후의 테이블은 이제 낭독회를 열 준
비를 합니다
금요일입니다

오늘은 마지막 페이지 한 문장에서 미열이 시작되었
습니다

당신이 두고 간 책장 사이에서
수많은 글자들을 뽑아 붉은 혀끝에 올려놓겠지요

아무래도 그대로인 오늘은 당신과의 만남이 늦어질
것 같습니다

알바니아 의자

종 모양의 단추를 찾았습니다
부드러운 칼마다 언덕 냄새가 묻어 있는 작은 단춧구
멍 속으로
양들의 울음소리가 들려왔으면 했습니다

이곳에서는 연장을 다룰 줄 아는 사람이라면 꼭 의
자를 하나씩 만듭니다
화가가 자신의 자화상을 그리듯 목수에게는 의자가
그럴까요

보라색 벽을 단단하게 칠한 후
언제 뜯겨 나갈지 모르는 높은 지붕을 매일 그리고
있는 당신
알록달록한 돌로 만든 목걸이와 말린 담뱃잎으로
감자와 밀가루를 바꿔 집으로 돌아옵니다
배고픈 도마뱀은 주파수가 잡히지 않는 라디오 위에
올라가 긴 안테나를 올리고 있습니다

양의 울음이 언덕 너머 멀어지지 않도록 소매에 달아 놓았습니다

장화를 신은 허름한 걸음 사이로 해진 자투리 천을 모아 버려진 팔들을 넣었습니다

튀어나온 어깨를 다듬어 맞추고

베개 커버를 뜯어내어 몰려오는 밤안개를 덮고도 우리 심장은 따뜻합니다

꽃의 리비에라 아드리아 이오니아

알바니아 의자를 문 앞에 내어 놓고 저녁 별이 이내 가득하기를 기다립니다

시작과 끝을 알 수 없는 곳에서요

무릎을 모은 채 양팔로 가슴을 안고 있으면

어디든 언덕이 펼쳐졌으니까요

손의 동굴

들소들은 어둠을 뜯고 뿔은 꽃을 피워낸다

수많은 손바닥이 벽에 찍혀 있다

어둠을 만지려는 게 아니라 어둠이 되어 있다

돌과 흙을 갈아 어둠을 열었다

자신의 한쪽 손을 바쳤다

꽃은 진흙 속을 구불구불 돌며 고개를 내밀고

물웅덩이에서 꿈틀거리는 뱀들과 함께 양치류가 자라나고

손가락이 붉은 진흙을 짓이기며 기어가고 있다

뭔가 처음인 듯 태어나고 있다

동굴이 어둠을 이끌고 가고 있다

내가 있다

그럼, 안녕

저녁이 온다는 것은 좋아하는 일을 찾아가는 일이기
도 하지

난 소리를 잘 듣지 못하지만
잔디밭 스프링클러에서 뿜어져 나오는 물을 이해해
샴페인이 쏟아져 나올 때처럼 심장이 두근거리지

여름 저녁은
동굴로 들어가는 입구 같아 보일 때가 있어
너무 짙어 두려웠지만
물감을 풀어 놓은 채 햇살을 모두 거둬내기 시작했지
야자수는 원근법을 잊은 채 무럭무럭 하늘을 찌르고
자랐지만

왜 너의 커다란 가방은 배구공처럼 늘 불룩했을까

줄무늬 럭비 티셔츠를 입고 끈도 묶지 않은 운동화
를 신은 채

배가 고프면 바나나를 먹고

계단 꼭대기에 있는 화장실 바깥 창가에 쪼그리고
앉아

북쪽의 빛을 바라보곤 했지

심심하면 다시 한쪽 눈을 감으면 되니까

만날 때마다 늘 같은 말로 지겹게 서로를 파먹었고

울고 나면 칠월이 왔지

퉁퉁 부은 심장은 불규칙적이고

테이블보를 깔면 난 양송이버섯처럼 동글동글 넘어
져 있었어

난 소리를 잘 듣지 못해

카메라를 들고 해변을 찍고 싶을 뿐

햇살이 뜨거운 파라솔 아래 흰 의자가 놓여 있다고
상상을 해 봐

양말을 오리고 텔레비전을 붙이고 하늘색 긴 목도리

로 수영장을 만들어

    표정을 숨기고 첨벙 콜라주 하는 밤이 찾아들 때

    그럼, 안녕

여름이라는 산책

식탁에 앉아 뜨개질이 시작되고 긴 목도리를 상상했
지만
목의 테두리는 넓어
꽃에서 털실을 다시 뽑아야 합니다
체리나무 그늘에 앉아 물레를 돌릴 수 있을까요

당신이 버틸 수 있게 리본을 묶어 줍니다
목이 부어오르고 열은 아직 내리지 않습니다
입안에 알사탕을 넣고 혓바닥을 살살 굴리면
들리지 않던 소리들이 들려왔어요

한 손으로 여우야 하고 부르며 시작되는 편지 형식을
좋아했어요
갓 구운 크루아상을 기다릴 때 입술은 오리처럼 가벼
워지죠
여름잠을 뒤척이다 늦게 일어나면
구월의 피아노 페달은
어떤 소리들을 밟아낼까요

긴 양말을 신은 채 멍하게 계단에 앉아 있습니다
당신이 화단에 심어 둔 워터코인 잎사귀와
고양이 발자국은 서로 겹쳐진 부분이 많아요

마지막 산책길에서 마구 던진 거친 말들은 미안했습
니다
물을 가득 붓지 않았는데도 난 나무젓가락처럼 초조
했고
불어 터진 컵라면 같은 마음들은 꼬여 버렸습니다
오늘 심장은 1분에 100회를 뛰고 있습니다
매일 달리기를 하는 것 같아 베개 밑에 자주 손을 넣
습니다

오후에는
당신 소매 부분을 길게 접을 수 있게 뜨개질을 할 것
입니다
놓친 바늘 코를 풀면 죽은 꽃들이 소매에서도 피어날
수 있을까요

멀리 가지 않았다면 다음 날도 그다음 날도
우리의 보폭은 달라질 게 없다고 씁니다

늪이었을 거야, 아마도

빨갛게 물든 피클을 포크로 찔러대면서
소라게에 대해 이야기하려 했다
왜 넌 자꾸 숨어 버리는 거니
재미없는 갑각류라고는 알고 있었지만
난 기차에 대해 이야기했을 뿐인데
스카프는 목을 감싸고 머리핀은 무엇을 찔러대도 자
꾸 흘러내렸다

갈대밭 우거진 늪 가까이에 누군가 앉아 있는 사진을
보았다
이곳은 처음부터 늪이었을까
폐교된 학교 운동장에 걸린 색 바랜 만국기 아래
울고 있는 아이의 고깔모자처럼
마음은 왜 하필 뾰족하게 태어나서 아무리 먹어도
허기는 바닥 같았을까

목이 긴 하얀 초를 꽂고 또 꽂아도 여름은
발톱을 세우지 못한 머릿속처럼 자주 정전이 되었다

오늘 밤은

죽어 가는 코알라를 껴안고 집을 떠나는

한 여자에 대해 이야기를 하면서 우린 헤어졌다

어디가 됐든 숲은 사라졌으니까

코알라를 바닥에 내려놓고 붉은 스카프를 매어 주며

작별 인사를 건네고

마지막이지

죽은 자들의 손톱 같은 흰 문장을 다듬으면서

슬픈 냄새를 길러내는 이곳은 언제부터 늪이었을까

생각이 오래 머물렀다

문래동

문을 열고 긴 의자를 내놓으면 어떨까
누군가 올 것 같은 날들
골목은 철공소 망치질 소리와 빵 냄새가 함께 부풀
어 오르는데
가죽나무를 올려다보는 사람은 아무도 없다
노란 우산을 매달아 놓은 골목 사이로
지나가는 사람과 지나오는 사람이
서로 조금씩 어깨를 비켜 준다
족제비가 지나갔다고
아주 짧은 순간이었다고
믿을 수 없는 일이지만
뭔가 분명 지나갈 것이다
주물 틀을 만들고 철제 다락 계단이 세상 끝으로 이
어지는 곳
끝이라 생각한 곳에서 다시 시작되리라는 생각은
그러나 골목의 문법이 아니다
그렇다고 흔적뿐인 것만은 아니다
저녁이 내리고 공장 셔터도 하나둘 내려지면

어둠을 돌려야 하는 기계들이 바빠지기 시작한다
골목은 별과 꽃들이 차지할 차례
생각만으로는 그렇지만
아직 지나가지 않은 것들만 지나간다

당신 걸음

당신 걸음에 바람이 들어 있지
그 걸음 날카로운 유리 조각이었더라도 따라갔지
사과가 달린 붉은 걸음
코끼리 울음 같은 먼 걸음
구름이 달리는 걸음
당신 등은 캄캄한 창문 같아
당신과 나의 거리는
꼭 누군가 죽일 것만 같은 그런 다급한 걸음이지
고양이 푸른 눈에 기울다 가는 당신 걸음은
뭔갈 잃어버린 듯한데
그저 말간 그늘만 같아
어디를 향해 바라보지도 않으면서 마냥 깜빡거리기
만 하지
아름다운 거짓말들은 이미 눈썹으로 내려앉았고

폴란드 그릇

폴란드에서는 코를 치켜세우고 있는 코끼리들이 행복을 물어다 준다고 합니다

아무도 미술 교육을 받지 않았지만
진흙을 바르고
컵 받침에 그려진 무늬를 따라 꽃들이 피어나고

우리 손바닥에도 예쁜 걸 여러 번 찍어 볼 수 있나요

작은 창으로 해가 비치고
바게트처럼 바싹거리는 책을 펼치면
커다란 쿠션이 따뜻하게 이야기를 시작할지 누구도
모릅니다

전 오늘 당신에게 그릇을 보냅니다
나누어 줄 수 없는 것을 나누어 주고 싶은 마음의 작
은 테두리들을 뜯어내면
눈이 내리고

난 창가에 항아리 머그잔처럼 조르르 앉아 있습니다
스푼같이 작은 것들은 매달아 굽습니다
조금만 온기가 있었다면 부르는 것들은 모두 이름이
되었을 텐데
피클이나 잼을 만드는 동안 수저는 입안에서 달그락
거리고
빵 반죽처럼 부푼 손가락, 손잡이는 안이 넓어서 좋
았는데
이제 이 병에 원두를 담기로 합니다
아주 두꺼운 코르크가 있고 테이블 의자에는 카디건
이 걸쳐져 있습니다

질문은 많았지만 대답을 제대로 하지 못했던 밤들을
생각하며
우리는 아주 멀리 있습니다
어쩌면 다음에
또 다음에는 만나지 못할지도 모릅니다

말하지 않아도

손을 다 흔들지 못했으니까 눈인사는 거듭니다

눈은 그치지 않습니다

나무 선반에 올라간 고양이 꼬리와

벽에 걸려 있는 낡은 엔틱 시계는 시간을 모릅니다

버건디 색 앞치마는 내일을 위해 낮은 부엌에 내려놓
습니다

콜링 유

두 귀에서 종소리가 울립니다

기린 두 마리는 벗어 놓은 무지개색 줄무늬 원피스 위로 지나가고

이곳에서는 여름과 겨울이 다정합니다

국경을 넘을 때마다 엽서를 샀습니다

아무리 걸어도 낮과 밤은 이어지고

내 몸은 헝겊처럼 해져 색칠을 해야 합니다

두 무릎을 동그랗게 오므리면

검고 두꺼운 점이 왼쪽 무릎에 출렁입니다

냉장고에 넣어 둔 초코케이크는 까맣고 무거워, 언제 촛불이 켜질까요

트렁크 속에는 당신의 말랑말랑한 잠들이 구워지고

생리 직전엔 자꾸 딸꾹질을 합니다

머리를 잘랐습니다

어떤 감정들은 식탁 가장자리에 놓인 빈 접시 같아

젓가락과 숟가락은 서로의 비밀과 안부를 묻습니다

비밀은 숨바꼭질하다 잠들어 깨어난 아이처럼 되돌아오고

식욕은 왕성했으니 먹어도 먹어도 내일은 자꾸 태어
납니다

오늘은 구름의 종착지만 생각합니다

흰 화분을 고르면 나에게 꽃이 자랄 수 있을까요

당신의 문장은 서술어가 아니라 주어가 더 아픕니다

오늘 밤 나는 다른 해변에 도착합니다 또 국경을 넘
었습니다

착색지

종이 위에 물 냄새가 나

여섯 번째 새끼손가락이 간지럽게 돋아날 것 같은 오
후 여섯 시

자꾸 커지는 발을 숨길 수 없는 사슴이 뿔을 내밀고

허공에 꽃을 피우고 달아났지

하늘에서 목화솜으로 내려온 할머니는 뜨거운 설탕
으로 녹아내리고

발열로 달아오른 염증이 몸 안에 퍼지면 여뀌꽃을 달
여 입술에 발라 주던 지난여름의 엄마

둥글게 둥글게 사과 속살 같은 어둠을 깎으면

아버지 입술은 더듬더듬 붉어진 반달로 떠올랐지

이십 년 중풍을 앓던 아버지의 베개는 달콤한 꿈으
로 젖어들고

나는 울타리 없는 꽃밭을 만들어 주름살을 한가득
풀어놓고 싶었어

맨드라미를 지느러미로 부르는 아버지

손가락은 둥글게 말린 말들을 엮어내고

잠 멀미 사이에서 뛰어다니는 아버지 발바닥엔

수많은 창문들이 돋아나곤 했지
낮이 되면 또 밤이 돌아올 뿐이지만
그제야 흰 종이 위에 부풀어 오르는 집 한 채
새까만 선을 몇 개 그리면 냄새가 올라오고
시작도 끝도 없는 저녁이 있어 다행이야

종이지도

피아노는 철공소와 골목 사이에 옮겨지고
커튼이 내려진 수제 만년필 공방 앞에서
아주 느리게 걸어 나오는 팬터마임 배우의 발짓에
꽃 한 묶음 들고 따라 나오는 오후가 있습니다

문을 열고 외투를 걸치면 지도는 호주머니에서 계단
으로 펼쳐지고
창가의 블라인드는 줄무늬를 만들어냅니다
골목을 밟고 지나가는 그림자들은 하나같이 가방을
메고 있습니다

타자기로 타박타박 누른 글씨를 읽고 싶어지는 날입
니다

폴라 티를 입고 싶은 날씨라고 말해 놓겠습니다

옥상에서 키우는 거위를 위해 커다란 떡갈나무 잎들
을 만들고

수선화 접시에는 푸른 사과를 쪼개어 두겠습니다

당신에게는 안부를 묻고 싶습니다

손가락으로 그린 붉은 나뭇잎과는

얼굴이 너무 가까이 닿아

물로 색의 지문들을 다 풀어 놓고 난 뒤에야 우체국

으로 갑니다

상자에 넣어 둔 책들은 손바닥이 다 기억할 수 있는

크기입니다

시간이 오래 걸리는 일들은 참 다행히도 잘 견딥니다

자국만 남아도 괜찮아서 택배 스티커는 풀로 붙이고

편의점에서 감귤 주스를 샀습니다

손가락은 다치지 말아야 한다고 어느 책갈피에 남긴

문장을

능소화 잎들과 함께 풀었습니다

피아노 소리에 또 저녁이 내리고 사람들은 지나다 말

다 멈춥니다

긴소매 옷이 필요할 만큼 감정은 추워지고

나의 발은 못갖춘마디가 되어 갑니다

그렇지만 이 골목 테두리 어딘가에 숨을 곳을 잘 알
고 있습니다
　아무래도 구멍 난 낙서들은
　보이지 않는 종이 위에 포개어 두겠습니다
　어떤 무늬였다 하여도 밑줄은 긋지 않는 밤이 점점
두꺼워집니다
　포근한 무릎 담요가 필요한 가을은 이제 간결해질 거
라 믿습니다

2부
혼자서 집으로 돌아가는 연습

얼룩무늬 식탁

오늘 날씨는

신종 바이러스에 걸린 사람처럼 열이 오르락내리락
거리고

실금이 많은 도마 위에 붉은 맨드라미꽃 한 송이를
올려놓았다

가스 불을 켜고 가장 큰 냄비를 꺼내

작고 작은 것들이 부글부글 끓여지는 한낮을 보고
있었다

얼굴이 있는 것들이 둥둥 냄비 속에서 흔들리고 있
을 때

뜨겁게 눈을 뜨지나 말지

차라리

아무렇지도 않은 척

베란다 김치냉장고에서 쑥 포기김치를 꺼냈지만

붉은 양념은 이미 흰 셔츠에 스며들었고

넌 수술실에서

엉킨 동맥들을 찾고 있겠지 피가 뿜어 오를 때

온 얼굴에 피가 튈 때 살아서 발바닥까지 뛰기 시작한다던

그래, 십 분만 더 버텨 준다면

토마토 파스타를 온 얼굴에 마구 묻힌 채 오늘 저녁 식탁에서

긴 혀를 내밀며 은쟁반 같은 목덜미를 핥아 내리겠지

물집이 생겨 제대로 걸을 수 없는 곳에서

언덕을 내려다보며

구겨지고 찢기는 저녁을 둥글게 뭉쳐서 소파 밑으로 던지고

꼭 한 달만 이곳에서 살면 어떨까

가장 아름다운 색을 가진 비로드 앞치마를 두르고

새벽에 일어나 젖은 풀밭을 걸어 걸어 뜨거운 한낮에 돌아와

야생의 문장 속에 뱀 한 마리를 풀어놓은 채

난 당신이 펼쳐 놓은 종양을 만지며 어떤 빛깔이 가

장 아름다웠냐고 묻고 묻겠지

민트 빛 손톱

오후 4시의 공원은 플리마켓이 한창입니다

내가 원하는 머그잔은 문양이 없습니다
와인을 담았던 빈 상자는 이제 그릇장으로 쓸 생각입니다
접시들은 물기를 빼고 나면 첫 음식을 담았던 순간들이 떠오르겠지요
저녁은 점점 아랫배가 아픈 사람처럼 붉어져 오고

혼자일 때 아주 먼 곳으로 가서 살아 보는 상상을 합니다
보이는 대로 어떤 일들이 일어나면 걷습니다
둘이 함께 든 바구니는 불룩하지 않았으면 좋겠다 생각하면서요

민트 빛 손톱을 생각해요
조바심을 내지 않는 쪽의 손이 더 따뜻합니다

여름을 생각하면서 챙이 넓은 모자를 사고

　맨발로 걷고 뛰어다닐 노란 모래밭에 공책을 펼쳐 놓습니다

　비밀이 담긴 페이지에는 뚱뚱한 오리들이 그려져 있을 수 있습니다

　자주 혼자 선물을 하고 약속을 만들지만

　외로움은 모르는 곳에서 모르는 곳으로 걸어가고

　커다란 동그라미 상자 안에는 타월을 담아 둡니다

　고마웠다는 말을 대신 전하면서

　난 민트 빛 손톱을 지우지 못하고 자꾸 햇빛인 듯 덧칠을 합니다

타라에서

빨강을 자세히 보고 있습니다
너무 작아서는 아닙니다
불타는 꼬리를 가진 공작새의 깃털을 보려면 어쩔 수
가 없어요

나무 아래 마당은 고작 검은 나무 의자 두 개를 가질
뿐이고
파란 대문 앞에서 때때로 사람들은 사진을 찍고요

창문이 있어요 난 그 안에서 종이를 접고 있고
각설탕도 원두커피도 호밀도 테이블 위에는 없습니
다 대신 손으로 말을 할 수 있습니다 꽃이 피고
빵가루든 우유든 헌 옷감이든 모두 배경이 될 수 있
어요

페이지와 페이지를 연결하면
빨강은 어디든 피어 있어 쿡 찌르고 꽉 깨무는 문장
을 얻을 수 있습니다

부엌은 작지만 담쟁이들은 마당 주위를 빙빙 돌고서
화장실로 갑니다
　바느질을 한 검은 개와 흰 개 두 마리는 책방을 찾아
오고
　문을 열어 두어도 이제 상관없지만 어떤 형태든 내일
의 약속들은 그대로입니다

　누구의 마중 없이 우리는 혼자서 집으로 돌아가는
연습을 해야 합니다

　고양이 꼬리는 길게 뻗을 수 있도록
　초콜릿을 녹이고 바느질을 이어 갑니다
　골목을 이야기하고 싶은 지붕들은 홈질로 마무리될
것이지만
　불타는 공작새의 꼬리에 불붙은 빨강에 대해서는
　아직 생각할 게 많습니다

통영

바다 앞에서 버스를 기다렸습니다
벤치 위에 해변과 파도를 올려놓고
가을 태풍을 이야기합니다
아무 목적 없이 이곳에 도착했지만
미술관 창문에선 옆집 옥상이 보였고
여름 부추가 피어 있었지요
연하게 물들었습니다
새끼손가락에 매달린 심장은 작은 것들이었고요

카페라테에 잎사귀를 그려 넣었어요
거품이라는 걸 알지만
푸른 잎들은 몇 겹 덧대어진 오후마저 뜯어내고 있었
습니다
머그컵이 식기 전 테이블은 온기를 잃지 않았지만
손님은 오래 머물지 못하고 떠났습니다

노란 우산을 펼치고
동물의 발을 그립니다

너무 바쁜 발들은 쉬게 해 주고 싶었다고요

염소의 발등에도 동백 꽃잎을 그려 주고 싶었지만

끝내 찾지 못했던 당신의 신발주머니는 무슨 색이었
나요

가끔 이해하고 싶지 않을 때

손도 대지 않은 물감들 불룩한 배를 꾹 눌러 버리고
싶다던 말들은

밤마다 천을 오려 덧붙이며 옷을 만들었지만 난 새
옷을 입지 않아요

이제 비가 그쳤습니다 서로 다른 버스를 타야 합니다

미안해하지 않아도 됩니다

바람이 할퀴고 간 바다의 해안선은 불분명했지만

야자 잎으로 만든 그릇을 당신 가방에

넣어 두었습니다

오늘 밤 난 음악회에 갑니다

아주 먼 곳이 되어 돌아올 생각입니다

밤이 있는 집

바닥 가까이 타일 한 장을 붙이고 수평선에 줄을 그었지
부엌엔 선반조차 벽에 달지 않았으면 해
감정이 섞인 낙서들을 읽을 수 있게
조도가 낮은 저녁의 식탁 등과 흰 접시에는 여름이 고스란히 남아 있어
이 집에 이사 오면서 몸이 아프기 시작했지만
타일을 한 장 한 장 붙일 때마다
들리지 않는 다정한 꽃들을
화병에 모으기 시작했지
그릴 수 있는 소리들은 모두 모아 지나가는 모로코 염료상에게 팔았으면 했어
굽거나 깨질 수도 있지만 벽은 온통 푸른빛으로 아파
짝을 맞춰 유리잔을 사는 당신은
틈새를 잘라 깨진 타일 한 조각 맞추며 여름 저녁과 섞이고
모양은 달랐지만 향긋한 냄새가 나지 않는 건 없었지
발코니를 사랑했으니까 바다는 포기할 수가 없었어

삼각형을 오려 줄래

원뿔 모양의 우산꽂이는 현관에 놓아두고

구름 낀 욕조에 누워 창밖을 긴 손가락으로 그려 넣
으면서

밥을 짓고 싶었어

손이 시릴 때마다 낙타털로 짠 장갑을 끼어 주면서

우린 아무도 끌어 주지 않는 수레 위에 앉아 있는 것
처럼

테이블 아래에 쌓이는 책들은 매일매일 길어져 갔고

젯소를 바른 채 질감을 쌓아 가는 밤도 우리에겐 있
었지

체리 색깔의 가죽 가방

버건디 색을 가진 가방도 구할 수 있나요
고사리 문양들은 안쪽에 새기면 어떨까요
야자수 잎이 그려진 천에 손바느질한 파자마, 잘 받았
어요
아직까지 날씨는 좋아서 난 팔이 길어지고 뚱뚱해져
여기저기 옮겨 다닙니다
타무레 춤을 추는 여인에게서 열대 과일 향기가 짙은
엽서를 받고
가격표는 단단하게 붙어 있었지만 남은 돈이 없었습
니다

통가죽은 두껍고 바늘은 가죽을 제대로 뚫지 못해
서 뒷면은 삐뚤삐뚤합니다
뱀이 내 발등을 기어가더라도 미끄러지지 않을 굽이
필요했습니다
라틴 모자는 마음에 들어 그냥 써 보기로 했지만
멀리 있는 이야기는 하고 싶지 않아서 멀어지고
난 살고 싶은 쪽이어서 원피스를 고릅니다

올여름은 비가 너무 많이 와서 여름은 뜨겁지가 않
았지만
밤은 바비큐를 생각하며 그릴에 불을 지핍니다
오답이어도 상관없지만 상담사 시험을 위해
오답 풀이는 다시 짚어야 합니다

책은 언제나 읽습니다
포옹만큼 어려운 단어를 만나기는 쉽지 않아서
난 당신 등을 오려 두었습니다
오늘 밤은 얼마나 많이 구울 수 있나요
전 버건디 색을 원합니다 짙은 색이면 더더욱 짙었으
면 합니다

골목이 있어

책을 읽다 한쪽 페이지에 머물다 간 구름의 물기를
접어 두고
가죽나무 잎사귀를 계단으로 만들 수 있는 골목에
앉아
붉은 족제비 한 마리 그려진 부챗살을
길게 길게 펼쳐내고 있었다

목화솜으로 만든 슬리퍼, 짝을 잃어버린 무른 발바닥
오늘의 자갈을 깔고 디딤돌을 한 장 한 장 뭉개면 마
당이 되긴 하는 걸까

울음으로 올린 지붕을 이해하기 위해 고양이를 찾아
손을 뻗어 더듬거려 보았던 어둠의 소란들
누수는 피할 수 없다
오늘 밤 아름다운 책을 골랐다면
고양이 점박이무늬들을 훔쳐 달아난다 해도
책장 아래 카펫을 밟는 당신 뒤꿈치는 비스킷처럼 가
볍지는 않겠지

나무 의자를 옮기며 한 문장을 오래 쓰다듬는 손
　꾹 눌러 둔 얼룩을 달개비 잎맥에 싸서 바느질로 묶
어 놓을지 몰라

　제일금속과 밀링 공장 사이에 끼여 있는
　러스트빵집으로 이젠 서서히 문장이 옮겨지고
　와플은 녹차아이스크림으로 줄무늬를 만들었어
　공구 세트를 열고 시멘트 못을 박아 현수막을 걸면
　몬스터박스가 열리지
　밀크티 한 잔으로도 기계들은 돌고 돌아가고

　여기만 다녀오면 입술이 다 터져

벽

고양이가 태어난 게 분명하다
고양이가 울었으니까
소리로만 짐작할 뿐이지만
귀는 벽이 되어 있어
내 귀는 꽈리처럼 쪼그라들어 고양이를 가둬 놓는다

언제나 이맘때면 되돌아오는 그런 날이 있다
녹아 버려서 울음이 될지도 모르는 날들
마른 울음 한번 터트리지 못한 첫아이는
물컹 내 속을 빠져나갔다

매일매일 울음은 저녁 무렵을 통과했다
벽을 사이에 두고
고양이 소리가 더 큰 벽을 만들어 지붕을 씌운다
귀를 기울일수록
벽이 있었으니까
꼬리가 사르르 사라질 때까지
내가 태어나고 있었다

북극

달라질 건 아무것도 없겠지만
가죽 필통을 열고 연필을 깎았어
귀를 그리고 싶었는데 가장 안쪽을 파내는 일은 왜
미안하게 느껴지는지
빈 운동장을 지나가고 있어
대각선으로 접힌 학교 건물 그림자를 밟으며
아무렇게나 붙인 구름의 이름들
하루 종일 들어 주어도 괜찮을 당신의 말을 떼어내
내 폐에 가득 담고 숨을 쉬는 일
살고 싶은 페이지들이 많아지고
단정하게 머리에 핀을 꽂아

머리카락을 스스로 자를 때도 있었으니까

이제 어깨선을 천천히 지나가고 있어

양이 있는 밤

가을은 아직 스웨터를 잘 개어 놓은 서랍장처럼 따뜻합니다
아무렇지 않게 의자에 앉아 풀을 뜯어 먹습니다
줄기는 연해서 씹을수록 맑은 즙이 고이고
프랑스 산속의 작은 성당을 찾아 떠난 화가를 알고 있었지만
안부는 묻지 않았습니다
양들은 매일 다르게 말하는 법을 배우는 중이었고

물속에서 피아노를 치는 한 연주자의 고립에 관한 이야기도 들었습니다
몸을 이완시킬 때 피아노 의자에 길게 몸을 뻗어
긴 팔로 손가락이 굽지 않게 건반을 누른다고 합니다
독특한 호흡을 익히게 되는 일은
아무 생각도 떠오르지 않는 일과 같아 고맙다고 했습니다

두고 온 양 한 마리를 그리는 것이 전부인 오후

어딘가로 가고 싶을 때 자줏빛 벨벳 모자를 씁니다

팔은 의자를 부축하고 수많은 지팡이들이 길을 안내할 것이지만

모자 속에 꼬리를 넣어야만 깊이 잠들던 어린 양

울음소리를 가만히 듣고 있으면 이곳은 이상기후 같아 눈이 내리기도 했습니다

접고 포개고 펼치면 수많은 선들은 각자의 색깔로 섞입니다

양들의 집이라고 말하지만 실은 내가 더 커집니다

털은 더 부드럽게 자라나고 멀리서 양은

긴 망사를 부케처럼 머리에 쓴 채 뛰어다니는 것 같습니다

사육제

남아프리카 트랜스프론티어 공원에는
구름 한 점 없다
지난겨울 베란다에서 죽은 벤자민 나무 한 그루를
생각했다

수사자는 나무 그늘 아래에 점심을 기다리고 있다
다리를 쩔뚝이던 영양 한 마리가 저 수풀 멀리서 보
였지만
화면은 마젠타 색
양파와 브로콜리를 굽고
아무 생각 없이 텔레비전 음량을 올린다

자꾸 커지는 발걸음 소리와 시곗바늘 사이로
피투성이가 된 영양을
카메라는 줌으로 당기고
지친 몸을 끌고 어딘가로 걸어가는 영양은
이미 얼굴을 지운 사람 같았다
어디로 가는 걸까

공원은 건기가 시작되고
구월에도 이곳에는 눈이 내릴 수 있다

사자 앞으로 영양이 먼저 걸어간다
죽을힘을 다해 영양은 머리를 숙이고 뿔을 내민 채
조용히 자신을 바치기라도 하듯
사자 앞에 푹 쓰러지고 만다
사자는 영양의 목덜미를 꽉 물고
화면은 바뀌고 사자의 이빨에
퓨마 광고가 겹치고
삶은 이어지고

과일은 껍질이 두꺼워 속살이 달지 않았지만
아프리카 아프리카가 자꾸 기우뚱거렸다

아침의 피아노

옷깃에 귀뚜라미가 매달려 있습니다
잔디에 앉았다면 이어폰이 필요하겠지요
나무 아래 테이블에는
종이와 팔레트가 있습니다
물감 사이사이로 깃털을 그려 넣어야 했던 공작새는
독성이 있어요
얼룩무늬 깃털은 뜨겁고
개기일식이 일어났을 때 날개 한번 겨우 펴고는
심장 속으로 숨겨 버렸다고 합니다

숨는 것과 사라진 것 사이에는 어떤 표정이 있나요

매일 점만 찍으며 죽으라는 듯
한 마디도 하지 않는 날들이 이어지자
고양이 한 마리가 찾아왔다고 했지요
고양이도 사라질 수 있으니 손바닥을 핥게 했다고요

만지면 만질수록 부서지는 진흙 도자기를

크로아티아 어느 좁은 골목에서 구했습니다

시간이 지나면 지날수록 손잡이가 부서지기 시작했습니다

진흙이 진흙이어서 속은 건 아니었습니다

진흙이 고요하게 먼지가 되어 내려앉는 게 참 좋아서

책상 가장자리에 받침대를 만들어 올려 두었습니다

어디선가 씨앗이 날아오겠지요

뿌리는 마음대로 뻗어 가도록 둘까 합니다

벽과 창문을 타고 책상을 휘어감고 화장대를 빙빙 돌아도

다시 처음으로 돌아올 테니, 나무는 이제 다시 먼 크로아티아로 발을 뻗어 가더라도

심장은 이곳에 숨겨 놓겠습니다

내게도 숨겨 놓을 게 생기네요

피아노 건반의 솔 자리가 소리 나지 않는 것도

아프지 말라고 돌탑을 쌓아 올려 두었던

킬리만자로 어느 마을도 숨겨 놓겠습니다

파라솔 그늘 아래 출렁이는 해안선도
리아스식 당신 마음도 이제 꺼내지 않을 겁니다

이어폰을 꽂고 있으면 여행자가 된 것 같아 돌멩이를
줍습니다
날개를 펴지 못하는 공작새의 깃털은 계속 그려 가
는 중이고
팔레트는 초록색이 점점 닳아져 갑니다 붉어지려면
지금이어야 할 듯합니다

3부
목화송이들이 기쁘게 피어날 거예요

일요일의 한 모금

식탁 위에 코뿔소 촛대는 아직 불을 밝히지 못하고
창가 테이블에 앉아 긴 머리를 묶었다
햇빛이 비치지 않는 소매 뒷부분은 두 겹을 접어 단
추를 달았다
내일, 일주일, 몇 달 뒤를 생각하며 집을 비운 채
긴 부츠를 신고 걸으면
삐걱대고 아팠던 시간들을 잘 받아들일 수 있을까

내일은 꼭 몬스테라 화분을 보내 주면 좋을 텐데
늦여름 오후, 물을 흠뻑 주는 일에 대해 생각할 때
자꾸 미안해지고 그래, 죽이는 일은 어쩜 저리 간단
할 수 있을까
모른 척, 가장 무심한 말 때문에 그림을 그리기 시작
했지만
누군가의 얼굴을 정면으로 본 적은 없었다

대신 차가운 쇄골에 대해 이야기했다
모래알이 담긴 목걸이는 반짝였고 언덕을 넘으면 해

변의 발자국들이 보였다
　　스케치북을 펼쳐 구부러지고 잘린 틈 사이에
　　작은 레고들을 달아 주기도 했다

　　오늘은 기타를 들고 붉은 노래를 부르는 동안
　　잎사귀는 쿠션처럼 푹신했으니까
　　악보 위에 사과 한 알 올려놓고 선과 면을 정리했다
　　뚱뚱한 몸을 기우뚱거리며 붉은 벽돌을 쌓아 올리는
코끼리
　　피아노 위에 무심하게 던져진 도수 없는 안경
　　부엌 창가로 기어들어 오는 고양이 무늬 옷
　　노래는 끝이 없고 빨래가 마르는 동안
　　황무지를 그리는 연필과 지우개를
　　그냥 셀 수 없이 많은 잎들이 피어나는 마른 들판이
라고 말하고 싶은데
　　첫 문장은 돌아오지 않는다
　　구멍 난 옷 위에 몬스테라 잎사귀를 꽂아 두고
　　어항 속의 금붕어를 생각하는 오후를

눈치 없이 마신 홍차 한 모금으로 대신하면서
붉어지는 저녁의 테두리를 닦는다

꼭대기 집

어쩌다 우린 이십 층까지 힘겹게 올라와
이곳에서 아침을 먹는 걸까
홍콩야자 잎사귀들과 선인장 빈 화분, 책상 들도 줄
줄이 따라 올라와
의자를 놓고 창문을 열어 둔 걸까

케일 주스를 갈아 테이블 위에 놓아두면
염소같이 가느다란 얼굴로 침대에 누운 찡그린 햇살
암막 커튼을 가리면 다시 눈을 감고
냄비 바닥이 까맣게 다 타도록 질문과 대답은 영원히
끝나지 않겠지만

공원의 사람들은 뒤로도 앞으로도 뛰어다니며 피구
를 하고 있다
모두 죽어야 끝나는 게임을
찬물을 끓이며 바라보고 있다
죽어도 웃으면서 죽을 수 있어야 할 텐데
우연히 흘린 커피 몇 방울이 수첩에 스며들어 얼룩을

남기고

　이름이 아름다웠지 이곳은 그냥 내려서 살고 싶었던
곳이었어

　무작정 내려 물레를 돌리고 사랑한다고 믿었던 것들
을 구웠지만

　서로 깨지기 쉬워 자주 울고 미친 듯이 소리를 지르
고 나면

　이불 속은 왜 무밭 같았을까

　발바닥에서는 푸성귀 냄새가 가득했고

　치마에도 머리핀과 노트 속에도 아이 이름이 적혀 있
었지만

　해가 뜨고 해가 지는 풍경은 얼마든지 멀리 달아날
수 있었다

　냉장고에서 꺼낸 얼음을 아주 조금씩 녹이면서

　타투를 하고 싶다는 생각을 했다

　베고니아 문양을 그릴 것이라고 말했지만

　오늘은 목도리 감는 법을 이해하면 훨씬 더 따뜻해지

겠지

우린 언제부터 여기 같이 있었을까
아주 가까이 확대한 시간들을 오려 기차에 붙이지
눈과 발이 달린 기차는 어디로 가게 되는 걸까
여전히 우리는 나란히 앉아 있긴 하는 걸까

고양이였다고 할 수는 없다

두 귀가 먼저 열리면
장미 가시가 뒤덮은 저녁은 낮아진다
고양이였다고 할 수는 없다
잎사귀도 없이 여름 창문은 무성하고
무성하게 지나가는 소리는
지나가고
지나가는 것이니까
지붕이 없으니까 장미가 없으니까
가시는 두 귀에 가려 보이지 않는다
고양이였다고 할 수는 없다
말을 하고 말았으니
고양이였다고 할 수는 없다

이를테면, 나의 행성

길을 사이에 두고

여름을 감당할 수 있을까

혼자 매만진 구름들은 잘라내어 봉지를 씌웠다

잡초들은 매일 무릎을 덮었지

밤은 모든 것을 밤이게 하고

달콤한 도시들은 이 거대한 봉지 속에서 내내 부스럭
거리지

가득 차 있거나 비어 있거나

창문으로 많은 것들이 지나갔다

아무것도 결정해야 할 필요가 없을 때에서야

타닥타닥 불꽃 소리는 꼭 당신이 틀어 놓은 엘피 소
리 같았고

어제와는 다른 사소한 이야기들이 만들어지지만

수요일에는 종소리를 들으러 가야 해

거대한 카펫을 매일 짜고 양들이 언덕을 넘어갈 동안

그냥 구름이었다고 말하면서 너는 얼마나 많은 무늬
들을 견뎌냈을까

이 길을 사이에 두고 잡초들은 내 키만큼 자라났고

물든 채로 말라 가는 손가락들을
구름의 봉지에 묶고 가지를 쳤다
향기는 잠 속으로 날아들고
심장으로 켜져 있는 저녁으로
멀리서 나는 서 있었다

케냐

연장을 파는 케냐 남자는 장화를 신고
오두막 앞에 서 있습니다
당신이 서 있는 이곳은 적도입니까
건기입니다
우기처럼 비가 내리고
우리 모두 바구니에 담긴 가죽 팔찌처럼 알록달록
사진을 찍습니다
당신은 조금 더 뒤에 있길 원했습니다

고산지대에서 밀크티를 함께 마시기로 한 저녁
가장 먼 곳으로부터의 초대입니다
양고기와 고수를 먹지 못한 나는
초원의 코끼리 무리 속에 어금니를 숨깁니다
악어 떼의 잠을 방해할지 모르지만
적도에서 단편소설 한 편을 읽기로 합니다
어두워지기 전 스탠드 등을 켜고
물 빠진 청바지 같은 몇 구절의 문장이나마 읽을 수
있을까요

망고 잎으로 접시를 만들고 체크무늬 천을 씌운 침대
에 앉아
홍학의 분홍빛 엉덩이를 가까이에서 봅니다

적도에서 적도를 생각하는 일이 낯설지 않듯
이제 난 조금 살고 싶습니다
원숭이들이 긴 팔을 뻗어 신발 한 짝을 훔쳐 달아나
는 동안
바나나 꽃들은 뚱뚱한 거미를 떠밀어내지 않습니다
매달려 있는 것은 오늘도 매달려 있어야 살 수 있듯
케냐의 밤은 서로에게 말을 걸지 않아도
많은 말들을 주고받아
작별 인사는 이제 하지 않기로 합니다

염색공

다락방 창문 커튼을 들추자
옥상에서 파를 심는 염색공이 보였죠
손바닥은 매일 다른 색이 입혀져 있었으니까
염색공이라고 불러요

청색으로 물든 손이 제일 마음에 들어요
옥상에서 파가 자라는 것도요
옥상이라는 말
오이비누 냄새가 나요
오이 오이 상쾌한 식감을 가진 말이죠

일요일 오후
잘 말린 천을 펼치고
창틀에는 뜨거운 머그잔을 올려놓습니다
염색공 손바닥은 두꺼운 책 같아서
라마의 긴 속눈썹을 그려 넣습니다
속눈썹은 가장 안쪽에서 떨리고
우리는 서로 잘 알지도 못하지만

잘 알고 있습니다

밤이 오면
염료를 끓입니다
흑해를 건너온 울트라마린은 긴 여행이 필요했죠
바다 건너 이 작은 냄비에 끓여지기까지
문장들은 얼마나 아름다운 시가 될 수 있을까요

염색공의 손바닥은 넘기면 넘길수록
마음에 자꾸 지나가는 구절들만
금이 가기 시작합니다
오늘 밤에는 넓은 잎을 가진 목화송이들이 기쁘게 피
어날 것입니다

다락방 전시회

철제 계단을 따라 조명은 켜지고
테이블에는 천 조각이나 레고 플라스틱 머리카락 들
이 놓여 있습니다
자세히 보지 않으면 볼 수 없는 먼지 같은 아주 작은
알갱이들도
유리병 안에 있습니다

권투장 바닥에서 발견된 것들은 저녁이 찾아오는 동
안에도 모여듭니다
모두 박수를 치지만 소보로에서 떨어지는 빵가루는
어쩔 수 없습니다

리플릿은 책상에 놓여 있고 우리는 방명록에 인사를
남깁니다

전시장은 월요일과 일요일은 휴관입니다
아무도 없는 곳에 앉아 있으면
다른 낯선 사람이 되고 싶다는 생각이 문득 들 때

일요일의 독서는 이제 월요일로 넘어갑니다
창가의 조명은 비스듬해도 좋을 것 같아요
어둡지 않습니다

내가 태어난 이후로 가장 긴 장마를 보았습니다
아무리 제습기를 틀어도 얼룩들은 자꾸 부풀어 오
르고
작은 화분은 이미 물속에서 잎을 띄우고 있습니다
돌이켜 보면 아픈 일들은 장마보다 더 길게 지나갔고
당분간 엉킨 마음들은 더 단단해지기 전에는 햇빛에
바짝 말리지 못할 겁니다
물렁한 것일수록 그늘에 말려야 둥글고 갈라지지 않
습니다

이름을 무엇으로 할까 고민했지만
이제 팻말은 더 이상 만들지 않기로 합니다
알 수 없어도 알아지는 일이 생겨나듯
담쟁이는 포스터를 슬쩍 덮을 만큼 자라나고 사람들
은 다락으로 천천히 올라갑니다

세상의 가장 작은 것들이 매달려 있는 곳

오늘 전시는 고양이의 작은 털을 만져 보는 일입니다

안국역 5번 출구

스테인드글라스 현관문은 20년째 그곳에 있었어
철제문을 칠할 생각이니
너무 오래 기다렸다는 걸 알면
손잡이는 더 이상 덜컥거리지 않을 거야
갑상선 항진증을 앓고 있어
눈은 매일 둥글게 쏟아질 듯 앞으로 나오고
심장이 빨리 뛰기 시작하면 잔디를 깎는 사람 손처럼
덜덜거리곤 했지

책을 읽다 그만 우려 놓은 연근차가 쏟아지고
소소소 뚫린 구멍들만큼 땀이 쏟아져
당근마켓에서 세탁기를 봐 두었어
용달을 불러야 하고 12년째 툴툴툴 돌아가던 통돌이
는 이제 20층을 내려가야겠지

물때 낀 곰팡이를 락스로 닦아내면서
다 이해하지 못하는 마음들을 다정하게 읽지 못한
게 미안해

편지를 쓸 때는 당장이라도 보낼 것 같았는데
부고 문자를 먼저 받았을 때
난 말러 교향곡 5번 5악장을 듣고 있었어
설거지를 하던 달그락거리는 접시는 한가득 거품을
물고 있고
내 손바닥은 밥풀들로 조금씩 뜯겨나갔지

교향곡은 이 세상 같아야 한다 말러의 말이 조금은
이해되는 순간이었어
국립미술관 아트 코너에서 보았던 자개연필
소포로 보내온 상자 속에 함께 있었던 자개연필을 물
끄러미 바라보고 있어
저걸 아까워서 어떻게 쓰니 했던 말과
아까워서 어떻게 너를 보내니 그 사이의 바깥은 번역
이 되지 않았지

난 연필을 천천히 깎고 있어
할 말이 없을 때 물을 마시는 것처럼

우린 한 번도 종교에 대해 이야기를 나눈 적 없지만

고요하고 작은 작별 인사를 반짝반짝 달래며

공원의 둘레를 돌고 돌고 울면 난 제법 멀리까지 밀려

가고 있었지

지하 창고

벤자민 나무 한 그루가 지하 창고에 버려져 있다
작은 창문으로 들어오는 햇빛 한 줌이 나뭇잎을 겨
우 버티게 하고 있다
해 질 무렵 나무와 포옹하듯 산책길은 지하 창고로
이어지고
물을 주는 일 외에는 딱히 해 줄 것이 없다
잠시 맡겨진 것이라 생각했겠지
버려진 줄도 모르고
영혼은 닳았겠지 누군가를 오래 기다렸던 의자
낡은 만년필, 별자리 타투를 그리려면
더 날카로운 촉과 잉크가 필요해
모든 건 말라 가고
말을 할 때마다 난 턱관절이 아파 왔다
하품을 하는 건 내게 치명적인 일이야
내내 춥다고 발가락은 꼼지락거리고
저녁에는 페르시안 카펫을 바닥에 깔아야겠어
냉기를 막을 수 있을까
어제는 저녁밥을 먹다 어금니가 빠졌다

코끼리의 작은 눈을 들여다보며 양파를 까는 것 같
았다

아무 일 없다는 듯 화분에 썩은 어금니를 심었다

버려진 빈티지 앰프에 스피커를 연결하던 저녁

아직까지는 괜찮다고 자주 귀를 만진다

오늘의 식탁

왼쪽 눈썹이 떨려 올 때
카메라 셔터를 잘못 눌렀구나
너의 사진을 보고 있으면 같이 밥을 먹고 싶었지
심야 식당에서

비닐장갑을 끼고
고등어참치 통조림을 살짝 뭉개 줄 수 있겠니
참기름 한두 방울 똑똑 떨어뜨릴 때
눅눅하고 찌그러진 모자 속 비린내는 감춰 줄래
뭘 그려도 상관은 없어
작은 문과 의자 박스 손잡이
안에서 시작되면 바깥에서 머뭇거릴 이유는 없지

캔을 따고 거품을 나눠 마시면서
체더치즈를 얹힌 감자를 구우면 얼마나 못생겼을까
밤은 점점 불어난 생각으로
생각지 못한 급소를 찔러대고
구도는 자연스럽게 배치되어야 해

물에 젖은 초록 우산은 이제 그만 접자
기다리지 않는데 기다리는 마음 같아서
상설전에 걸린 그림을 보고 엽서 두 장을 사 왔지

커피 잔의 둘레에서 오늘의 식탁은 또 계속 이어질 테
지만
만두피 같은 짧은 앞치마에 방울방울 뜨개질한 오미
자 열매
창가의 레시피는 무엇으로 숙성시켜야 할까
개수대에 껍질 벗겨진 양파를 유리병에 담고
계절에 상관없이 털옷을 입을 수 있다면 어떤 단추들
을 달까

우린 꼭 밥때를 놓친 사람처럼 숟가락은 가장자리가
되고
양배추 한 통은 너무 많아
냉장고에서 말라서 비틀어져 가는 건
근육이 빠진 목살로 충분하니까

감정을 다 드러내지 않았다면 싸웠다고 말할 수 없는
것처럼
　껴안을 수 없으니까 기차를 타고
　둥굴레를 심고
　빙수 한 그릇을 다 먹지 못한 채 팥만 골라내는
　지겨운 날들이 밀려들면 곧 진동 벨이 울리겠지

한 문장

무릎이 찢어진 청바지 위로 새끼손가락 문신이 내게
닿았다
아프다는 말을 전해 들었다

이십 층 발코니에 천일홍 꽃씨를 심은 적이 있었다
아무렇지 않은 한 문장에 마음이 접히어
몽골로 떠난 사람을 알고 있다

냉동고에는 작년 겨울에 아이가 만든 눈사람이 그대
로 뭉쳐 있었다
무언가 말하고 싶었지만
먼 문장은 비밀스럽게 싼 마른 종이로 펼쳐졌다

아프다는 말을 아프지 말라고 쓰고 있었다

잠

오도독오도독 씹히는 문장을 읽을 때
몸에 꼭 끼는 청바지가 입고 싶어져
슬픔의 반대말을 생각하는 동안 초코우유 한 컵을
따르고
치즈 한 조각을 탁자에 올려놓지

오늘은 내가 있는 곳에서 가장 먼 곳으로 걸어가
당근 색 페인트를 사 올 수 있다면
흰 벽을 칠하고 당나귀 두 마리를 키울 거야

생각에만 잠겨 있는 한 마리 두 마리 세 마리
얼마나 많은 새끼들이 태어날 수 있을까

나의 긴 귀를 닮았나요

풀들이 자라는 동안
울타리를 생각하며
고산 지대 절벽들은 천천히 심장을 핥아 내리겠지

두근두근 스머프처럼 파란 손가락으로 산양 젖을 짤
수 있다면

오늘은 갤러리에 그림을 거는 날이야
여름에 접어 두었던 반소매 민무늬 카디건이 문득 생
각났고

빈 액자는 벽 뒤에서 노랑 구름과 겹치고
우린 멜라닌이 부족한 족속들이지

4부

오래된 베개 속에 팬지꽃을 넣어 두었지

부은 발

늘어진 혓바닥은 자꾸 마르고
말라서 침이 흐른다
어디든 갈 수 있어도 어디로 가는지 모르니
멈춰 서는 게 가장 두렵다
이빨을 드러내며 짖어대던 때가 차라리 나았다
두 눈은 이제 먼 곳을 바라볼 뿐
발바닥은 보이지 않는다
아무도 거들떠보지 않아도
어디나 위험하다
아무도 거들떠보지 않아서
어디라도 보아야 한다

아직 귀가 젖어 있다

　일요일 오전부터 뼛속까지 따뜻해지는 시간들이 구
워지고
　손목에 찬 시계가 멋지다고 했을 뿐인데
　내 손목 위에 누군가 시간을 얹어 주었다
　무엇인가를 이해하기 위해 난
　열대 식물에 대해 생각하고 있다
　커다란 마란타 저 연녹색 손바닥에서 신의 이목구비
가 자꾸 생겨나는 것 같다

　두꺼운 철심을 박고 누워 있었다
　목이 부러졌는데 무릎부터 녹아내린다
　이불 가장자리 끝에서 울지 않으려고
　우리 함께한 피크닉을 상상하면서
　내게서 내가 멀어지고 싶을 때
　내가 죽었어도 매번 달리기는 이어지고 또 누군가 꼴
찌로 이 언덕들을 넘어가겠지만
　책장을 넘기면서 말린 귤차를 끓인다

이름을 지어 주기 좋아하는 할머니는

아프면 사람 목소리로 제일 먼저 안다고 말했다

쿵 하고 쓰러지는 순간, 소리를 다 잃으면 무엇이 될 수 없을 것 같았다

젖은 귀가 심장이라면 무엇이든 사랑할 수 있을 것 같았는데

암보셀리 암보셀리

킬리만자로에서 별을 볼 거라고 했는데
차는 진흙 구덩이에 빠져 밖으로 나오지 못하고
암보셀리 암보셀리
잘 알지도 못하는 지명을 읽으며
불을 피우고 밤새 헛바퀴 도는 차를 잊고서
우린 더 멀리 달려가야 하지 않았을까

만년설을 마주한 속눈썹은 영원을 보게 되겠지
물이 말라 세렝게티로 건너지 못한 외로운 누의 몸에
그려 놓은 지도와
얼룩말 말발굽에 스프링을 달아 놓은 듯한 초록의
쿠션
코끼리 등 뒤의 바나나 꽃 한 송이를 만지면 사라진
두 손
원했던 한 문장의 온기
아무도 나를 알지 못하는 곳에서 남겨 놓은 기호들
돌아서지 않아도 다시 시작될지 모를 표정
은하수에 밤을 기대며 고대의 말을 외우는 목소리

체크무늬 치마에 펼쳐진 창문을 손질하며
자파티를 굽고 양파소스를 맛보는 접시

표범의 울음소리를 기록하는 사육사가 되고 싶다는
생각이 이곳에서 처음 들었지
캄캄해도 더 뚜렷하게 볼 수 있는 일들은 많아지고

한숨 자 둬

견인차는 언제 올지 모르니까

오른쪽 왼쪽

난 자전거를 타지 못해 수평을 맞추지 못하지
오른쪽 왼쪽은 구분이 어려워
컴퓨터 자판을 두드릴 때도 동글동글한 손글씨가 생
각났고
프린트가 잘 되지 않을 때 화분이 넘어지거나
수박이 바닥에 박살이 나기도 했지

책의 아무 페이지에 붙어 버린 수박 씨앗에 잎사귀
를 그려 주고
고개를 숙이며 신발코를 밟고 올라오는 개미를 오늘
은 밟지 말아야지 생각했어
기차를 타고 싶었어

오렌지를 접시에 담고
어차피 지나가는 일들 빨리 잊어버리는 게 낫다고 단
순해지지
오늘 아침 아파트 쓰레기처리장에는 누군가 버린 자
개장롱이 보였지

문짝을 뜯어내면
책상이 되고 싶어 할지 모른다는 상상을
눈곱을 떼면서 하품으로 길게 내보내면서

주민센터를 찾아갈 문제야, 기초부터 다시 시작하라
는 말
눈은 마주쳐도 긴 하품은 자꾸 부풀고
더더욱 멀리 가고 싶은 이유들이 만들어진 오늘

5번 트랙

　도서관 제일 구석진 자리
　읽고 싶은 책을 발견한 순간
　두꺼운 스웨터를 입었는데 왜 난 헐벗은 것처럼 부끄
러워했을까
　빵처럼 섬유질이 풍부한 낙타 색 종이를 천천히 씹는
것 같은
　오후는 5번 트랙을 돌고 있는 육상선수처럼 지루했지
　테이블에 놓인 노트북에 코를 박은 채
　화분처럼 둥글게 앉아 무언가를 쓰기 시작하면
　책상도 곧 모든 것을 잊어버리게 되겠지
　세상 모든 기미는 얼굴이 아니라 손가락에서 시작되
었을지도 모르지
　라코스테 스웨터를 입은 것만으로 설명할 수 없는 분
위기
　건너편에 앉아 건너편을 보는 것으로 이해했지만
　모든 걸 잊기 위해
　내가 돌고 도는 5번 트랙을 이해하기 위해
　매일 같은 녹색 의자에 앉아 분화구를 들여다보며

겁먹은 염소의 그을린 눈동자를 어떻게 그릴지

당신이 앉아 있는 고도에서는 선명히 볼 수 있을까

괜찮다는 말

벽돌집은 비에 젖었을 때 가장 따뜻한 색을 만든다
넌 스트라이프 양말을 좋아했고
아이스커피가 담긴 텀블러를 들고 다녔지
우리가 앉은 창가에는 돌담과 은행나무가 있었어
도넛은 흰 접시에 담겨 있고
여름이 다 지나간 것 같아 긴팔 셔츠를 입었을 때
단추가 떨어져 버렸다

내가 앉은 창가에서
알약은 다섯 알
모두 삼켜야 하루는 이어지고
하얀 종이에 물이 쏟아지면
젖은 종이는 젖은 채로 구겨졌다
횡단보도 건너 편의점
파라솔은 여름이 지났지만 언제나 활짝 펴져 있다
그 아래에서는 하고 싶지 않던 말도
할 수 있을 것 같다

병원 입구에는 벵갈고무나무 화분이 있다
의자에 앉아 약이 도착하기를 기다린다
수술은 간단해요 그 부분만 떼내면 됩니다
의사의 말은 라틴어 같았다
괜찮다는 말
스웨터처럼 올이 풀리지 않기를

자몽 고양이

눅눅하고 찌그러진 모자 안에 달린 옷핀들이
두피를 파고드는 것 같은
그런 날이지
천장이 높은 큰 작업실에는 창문이 많았으면 했지
그림을 보관하는 일이 문제였어
창고는 깊었으면
벽을 따라 차곡차곡 쌓는 일은
다시 꺼낼 일이 없다는 말이기도 하지만
늘 북쪽에서 살았어 이상하게 북쪽은 물가와 집값이
싸고 넓었으니까
고백이라면 내가 누웠을 때 멀리서 여름이 찾아와 오
늘 일을 하고
주말에는 혁신도시에 나가 대형 마트에서 바코드를
찍었지
마술 같은 일이었어
꿈을 꾸다 깨지 않아도 즐거운 작업이 될 텐데
어느 시인이 말해 주었지 샤갈은 시인의 얼굴에만 녹
색을 칠했다고

야옹, 점심엔 점심의 고양이가 찾아오고 양배추와 감자는 완성되어 갔지만

낯선 동네에 있을 때 불안하지

아무도 없을 때 통증이 찾아왔으면

통증이란 빛바랜 낡은 가방 속 흰 알약들이 우르르 쏟아질 때처럼

순간과 영원의 반복이었으니까

이제 미안한 일도 지루한 일이지만

서랍 속을 열고 색색의 야광 펜들을 하나둘 나뭇가지에 매달아 두면

나무들은 모두 보호수가 되었을 텐데

다음 생에도 난 자몽 색 고양이 눈빛으로 세상을 바라볼 수 있기를

오래된 베개 속에 말린 팬지꽃을 넣어 두었지

수제 스피커 상점

북유럽산 자작나무 스피커를 팔았던 상점을 알고 있
나요
소리가 깊은 바닥에 내려앉을 때
시계는 느리고 꽃은 색깔을 버렸으나
잘하는 게 많지 않은 사람이 만든 소리라고 했지만
풍성했거든요
어둠의 의자에 앉아 있을 때도
오른손은 따뜻한 곳에 있고 싶었어요
저녁은 느긋이 오고 무화과나무를 물끄러미 쳐다보
고 있을 때
너무 오래 걸리지 않았으면 했던 보폭마다 음표는 맑
아서
그늘에 찰흙을 말리는 시간을 좋아했던 조각가가 있
었어요

전시장에 시각 장애인이 서 있었거든요
앞을 볼 수 없었던 그는 아주 느리게 조각들을 더듬
거렸고

손으로 만졌을 때의 기억은 아주 크고 선명했습니다
무언가 다시 태어날 것 같았고
경사면은 어떤 색으로든 되돌려야 했지만
조명은 밝았다 어두워졌다
그림자들의 모양들은 크게 달라지지 않았습니다

커피 한 모금 오래 입안에 머물면
모든 게 순간으로 지나가듯
습자지 가득 먹지를 대고 무언가 베끼는 사람처럼 악
보를 만졌을 때
난 살았던 겁니다
살고 있다는 걸 느끼는 한 장면처럼
턴테이블 위 모노 엘피에 손을 올리고
소리골을 따라 바늘을 더듬으며
이제 따뜻한 오른손으로 잘 지낸다는 인사를 합니다
짧지만 긴 인사는 눈빛보다 먼저 메마른 손가락이었
습니다
아베 베룸 코르푸스 곡은 저녁 창가에 두고

제일 아픈 곳은 아픈 대로 오래 적어 두려 합니다

서로 마주했던 파동들도 이제 고요해지겠지요

햇빛

가르마 한가운데 작은 점이 있다

모서리다

뿔이 될까 봐

귀를 자를까 봐

가위가 스칠 때마다

당신이 우는 걸 한 번도 본 적이 없다

파란 줄을 긋는 시간

여름은 아직 지나가지 않았는지 갈색 긴 치마 아랫단
이 뜯어지고

냉장고에는 아무도 모르게 썩어 버린 부추가 물미역
처럼 흐늘거리고 있어

시든 게 아니라 썩었다는 것

같은 말 같아서 종이를 꼬깃꼬깃 접고 표정을 숨기지만

인천역 막차를 타고도 종착역은 수원이라고 생각했
던 어제와

물 빠진 욕조 바닥에 락스를 풀며 발바닥이 녹기라
도 하듯 닦아야 했던

구석진 안쪽들, 호칭은 없지

아무것도 해 줄 수 없다는 걸 안 순간 사과의 썩은 안
쪽을 도려내기 시작했지

우유를 넣고 믹스에 갈아 버릴까 칼이 더 정교할 거
라고

마취에서 깨어났을 때 공룡알 같은 이상한 용종들이
궁금했지

사람들이 다 알았던 일을 나만 몰랐을 때

볼록 올라온 물사마귀들, 목 뒤에선
길고 긴 털 한 가닥이 미묘하게 자라고
뒷면들은 늘 암시 같아서
오늘은 빗소리 영상을
반복해서 듣는 것으로 마무리할까 생각해
바람이 부는 소리 사람들의 말소리와 발자국 소리가
편안함을 준다니
꼭 죽으라고 바깥에 내놓은 화분처럼 초록은 시들시
들했지만
로맹가리의 소설을 읽으면서
인천과 수원 방향의 전철을 헷갈리지 않고 집으로 가
야지
지하철에 좌석이 많을 때 누구든 앉아 갈 수 있을 때
마음이 편해지는 건 흔들흔들 창밖으로
아무렇지 않게 벗어 놓은 현관의 신발처럼

가령, 꿈

　잠은 뿌리를 가지고 있다 너무 깊어서 그랬는지 그 웅덩이에서 사나흘 눈을 뜨지 못했다 백 년 전부터 불어온 바람과 별빛들도 흘러내렸다 검은색과 푸른색은 비탈진 색이어서 당신 언저리에서 경사지거나 계단을 이루었다 고요하다 이곳에서 당신 발바닥은 뿌리로 자라나고 물고기들은 비늘 대신 눈썹을 달았다 살구처럼 물러 터진 나의 입술은 당신의 허기들이다 엄지손가락과 새끼발가락에 야행성 별빛처럼 붙어 있는 이 허기들 살을 버리고 뼈가 된 눈물이 꿈속에서도 자꾸 울었다 사랑했다면 웅덩이는 그 안쪽이다

사물의 문장에서 회복의 문장으로

김안(시인)

사물의 자리에서

자신을 사물의 편에 놓는 이들이 있다. 사물이 되어 바라보고, 사물이 되어 기다리는 행위를 반복하는 이들. 사물이 놓인 자리에 자신을 내어 놓는 이들. 그 자리는 시인을 둘러싸고 있는 외적 세계와의 충분한 조응 속에서 만들어지고, 끝내 사물이 자신의 시선을 시인에게 허락하기까지는 오랜 응시의 과정이 있어야만 한다. 이때 시인은 사물이 되어 자기 자신을 바라보기도 하고, 또 다른 외적 세계를 바라보기도 한다. 이를 통하여 그것들은 새롭게 발견된다. 발견이라는 시적 덕목을 쉬이 쟁취하기 힘든 까닭이 여기에 있다. 시인은 자신을 에워싸고 있는 외적 세계에게 섬 없이 말을 걸고, 그 들리지 않는 답이 들릴 때까지 기다려야 하기 때문이다. 그리고 이 지난한 과정을 우리는 정정화의 첫 시집 『알바니아 의자』에서 만나게 된다.

여름 산책은 길어졌습니다

죽은 화분들이 동그랗게 앉아 있습니다

테이블은 창가를 생각합니다

골목을 지나가는 족제비 이름을 부르면

붉은 꼬리라도 생길까요

— 「금요일의 문장」 부분

산책길에 바라본 풍경을 그리고 있는 「금요일의 문장」이 우리에게 보여 주는 장면은 묘하다. 초록빛을 발해야 할 화분들은 죽은 채로 동그랗게 모여 있고, 골목길에는 족제비가 지나간다. 그런데 시인은 갑작스레 "테이블은 창가를 생각합니다"라고 덧붙인다. 이 낯선 문장은 테이블이 사유의 주체가 되고, 시인이 테이블 속으로 들어갔다 나왔다는 사실을 증명한다. 테이블이 된 시인은 그것이 창가를 생각한다고 말하고 있다. 화분은 전부 죽어 있고, 시인은 테이블이 되어 있는 묘한 정황. 존재가 다른 사물에 접붙어 있는 상황. 이 속에서 우리는 생명력으로 가득해야 할 여름의 풍경 속에 시인이 보고 있는 것은 움직이지 못하고 있다는 공통점을 갖고 있다는 사실을 기억해야 한다. 이런 정황들은 다음 연에서도 이어지면서, 시인은 움직이지 못하는 사물의 자리에 자기 자신을 다시 옮겨 놓는다.

더 어두워질 때를 기다려야 하는데

오래 펼쳐진 잠과 얼룩들은 소나기에 젖은 책처럼 부
풀고

창문이 만져지는 구름은

그러나 보이지를 않는군요

물 항아리처럼 출렁이는 오후를 멀리서 그냥 듣기만
할 거예요

—「금요일의 문장」부분

시인은 젖은 책처럼 부풀어 있다. 그것들은 무게를
품게 되고, 곧 움직이지 않는 것이 된다. 밤이 밀려들
어 어두워져야 하는데, 그와 상관없이 오랫동안 잠은
계속되어 왔고, 잠이 남긴 얼룩들도 그대로 있으며, 심
지어 부풀어 있다. 움직이지 않는 가사 죽음 상태인
잠의 연속 또한 시인을 움직이지 않는 사물로서 인식
하도록 만들고 있다. 때문에 우리는 다음의 낯선 문장
을 만나게 된다. "창문이 만져지는 구름은/그러나 보
이지를 않는군요". 구름이 보이지 않는다는, 의미적 맥
락상에 있어서 평이해 보이는 이 진술은, "그러나"를
통해 강조되고, 이 강조는 "창문이 만져지는 구름"이
라는 문장을 만들어낸다. 이는 창문에 손을 대고 쓰
다듬을 만큼 희고 아름다운 구름이 보이지 않는다는

의미일 텐데, 이 문장에서 주체는 사라져 있다. 이 활달하고 과감한 문장의 변용은, 이미 시인 스스로가 움직이지 않는, 하나의 사물이 되었다는 명징한 의식 속에서만 가능한 것이다. 움직일 수 없으니, 그리고 보이지를 않으니 시인은 눈먼 사물처럼 "오후를 멀리서 그냥 듣기만 할" 뿐.

이와 같은 주체의 사물화는 『알바니아 의자』 곳곳에서 발견된다. "식탁에서 시작되는 매일은 넝쿨 식물이 된다"(「이제는 없는 나날을 세다」), "어둠을 만지려는 게 아니라 어둠이 되어 있다"(「손의 동굴」), "나의 발은 못갖춘마디가 되어 갑니다"(「종이지도」) 등 존재를 객관적 상관물에 접붙이고, 온전히 그 안에 들어가 자리하게 만드는 시적 열망이 문장의 변주를 통하여 나타나고 있는 것이다. 문장의 변용을 통한 활달한 상상력의 세계는 이번 시집의 중요한 특성 중 하나이다. 그러나 우리가 더 관심을 가져야 할 것은, 왜 시인은 그런 주체의 사물화의 상태에 닿으려고 하는가에 있다. 이 질문에 대한 답은 시인의 내면을 살피는 일이고, 시인의 생활을 읽어내는 일이고, 그리하여 시인과 발을 맞추어 같은 사물을 바라보는 일이 될 것이다.

갇혀 있는, 부드러운 귀

이를 위해서 우리는 다시 「금요일의 문장」으로, 그 첫 시작 부분으로 되돌아가야 한다. "여름 산책은 길어졌습니다"라는 첫 문장은 일차적으로 오랫동안 곳곳을 거닐었다는 의미로 읽히지만, 이 문장에서 말하는 길어짐은 물리적 거리가 아니라, 시간의 경과를 의미한다는 내적 의미를 파악할 수 있다. 즉 여름 산책이 길어졌다는 이 진술은, 어느 한자리에 붙박인 채 오랫동안 움직이지 못했다는 이야기인 셈이다. 움직이고 있으나 멈춰 서 있는 것과 같은 상태. 이 붙박인 상태는 산책이 끝난 후에도 이어진다. 바로 낭독회가 열리는 공간을 정리하고 시의 화자가 어느 한 문장에 걸려 존재의 열기를 감지하게 되는 부분.

오늘은 마지막 페이지 한 문장에서 미열이 시작되었습니다

당신이 두고 간 책장 사이에서
수많은 글자들을 뽑아 붉은 혀끝에 올려놓겠지요

아무래도 그대로인 오늘은 당신과의 만남이 늦어질 것 같습니다

— 「금요일의 문장」 부분

124

시의 화자에게 미열을 느끼게 한 문장이 무엇인지는 알 수 없다. 하지만 그것은, 앞선 산책에서 화자가 본 죽은 화분의 풍경과도 같은 이미지와 맥락을 품고 있었을 것이다. 이 시집에서 시인은 문래동, 통영, 안국역을 비롯, 알바니아, 크로아티아, 남아프리카 등등 곳곳을 떠돌고 그곳의 기억을 소환하지만, 이는 어딘가 붙박인 채, 그대로 굳어져 있기 위한 여정이다. 마치 어떤 한 문장 앞에서 자리를 뜨지 못하는, 그래서 당신과의 만남을 끝없이 지연시켜야 하는 존재의 굳어진 상태. 이 굳어지고 움직이지 못하는 어떤 상태에 대한 열망이 도리어 시인을 외부 세계로 나가도록 추동하는 것이다. 외부 세계를 향하는 시인의 걸음은 "오늘 밤 난 음악회에 갑니다/아주 먼 곳이 되어 돌아올 생각입니다"(「통영」)라는 문장에서 알 수 있듯 또다시 멀리 떨어져 홀로 있기 위한 다짐이다. 이는 시인에게는 곧 벽을 쌓는 일이고, 벽이 되어 누구도 듣지 못하는 어떤 울음을 온몸으로 받아내기 위한 일이다.

고양이가 태어난 게 분명하다
고양이가 울었으니까
소리로만 짐작할 뿐이지만
귀는 벽이 되어 있어

내 귀는 꽈리처럼 쪼그라들어 고양이를 가둬 놓는다

언제나 이맘때면 되돌아오는 그런 날이 있다
녹아 버려서 울음이 될지도 모르는 날들
마른 울음 한번 터트리지 못한 첫아이는
물컹 내 속을 빠져나갔다

매일매일 울음은 저녁 무렵을 통과했다
벽을 사이에 두고
고양이 소리가 더 큰 벽을 만들어 지붕을 씌운다
귀를 기울일수록
벽이 있었으니까
꼬리가 사르르 사라질 때까지
내가 태어나고 있었다

—「벽」전문

시인은 마치 갓난아기의 울음처럼 들리는 아기 고양
이의 울음소리를 듣는다. 볼 수는 없으나 멀리서 들려
오는 고양이 소리에 시인은 그 자신을 사물로 만든다.
시인의 귀가 벽이 되는 것이다. 이는 벽이 되어, 그 자리
에 붙박인 채 그 울음을 담기 위해서다. 그리고 시인은
진짜 벽이 돼 있다. 이어지는 다음 문장은 이를 증명한

다. "내 귀는 꽈리처럼 쪼그라들어 고양이를 가둬 놓는
다". 이 문장에서 시인은 이미 쪼그라든 꽈리 모양인 귀
가, 다시 그 모양을 되찾는다고 말하고 있다. 이는 이미
시인의 귀가 벽이 되어 있다는, 시적 도약의 한순간을
내재하고 있다. 벽이 되어 고양이의 울음을 듣고 있던
그 귀에게 다시 그 형상을 되찾아 주는 것, 벽의 직립을
귀의 둥긂의 고리로 만드는 것, 벽의 단단함을 귀의 부
드러움으로 만드는 것. 이는 고양이를 그 속에 가둬 놓
기 위함이다.

　2연에서 시인은 고양이를 귀 속에 가두는 그 마음
의 운동이 왜 발생했는지를 밝힌다. 바로 사산死産된
첫아이에 대한 기억. 그것은 "녹아 버려서 울음이 될
지도 모르는 날들"로 시인에게 남아 있고 여전히 이어
진다. 세상 바깥에서 울음 한번 울어 보지 못한 채 빠
져나간 아이에 대한 슬픔의 공명은, 그 듣지 못한 울
음소리로 이어지고, 갓 태어난 고양이의 울음소리로
엮인다. 귀 속에 고양이를 가둬 놓는다는 진술은 그
첫아이를 아직 기억하고 있다는 것, 그 슬픔의 여진
이 아직까지 이어지고 있다는 의미이자, 들어 보지 못
한 그 울음소리를 시인 스스로 벽이 되어 반향시켜
자신의 귀 속에 넣어 두고 싶다는 의지이다. "젖은 귀
가 심장이라면 무엇이든 사랑할 수 있을 것 같았는데"

(「아직 귀가 젖어 있다」)에서 보듯, 시인에게 귀는 심장과도 같은 감각이 모인 곳. 그는 듣고, 담는다. 그래서 "아직까지는 괜찮다고 자주 귀를 만진다"(「지하 창고」). 그렇게 더욱 부드러워지라고, 귀를 매만지면서 듣고, 담고, 그리고 쓴다.

문장, 회복의 영토

죽은 것은 움직이지 않는다. 움직이지 않는 것은 생명이 소진된 것들이다. 그런데 시인 스스로 사물이 되어 움직이지 않는 것은 곧 그 죽음의 상태에, 그것의 슬픔에 가닿겠다는 것이고, 그것을 끝끝내 기록하며 기억하겠다는 의미이다. 이는 고통스러운 일이다. 그럼에도 시인은 이것을 끝내 행하고자 한다. 이미 시인에게 있어 삶의, 생활의 공간은 "죽은 자들의 손톱 같은 흰 문장을 다듬으면서/슬픈 냄새를 길러내는"(「늪이었을 거야, 아마도」) 늪과 같은 곳이기 때문이다. 그리고 그 고통이 주는 통증은 벗어날 수 없는 것이기 때문이다. 그래서 그것은 "통증이란 빛바랜 낡은 가방 속 흰 알약들이 우르르 쏟아질 때처럼/순간과 영원의 반복이었으니까"(「자몽 고양이」)에서 보듯 시인에게 순간과 영원의 반복이 되어 있다.

정정화 시인에게 이 통증과 고통의 반복을 기록하

는 일은 곧 시가 된다. "제일 아픈 곳은 아픈 대로 오래 적어 두려 합니다/서로 마주했던 파동들도 이제 고요해지겠지요"(「수제 스피커 상점」)에서 보듯, 그것은 오래 적어 두어야 하는 시, 어쩌면 영원히 반복하면서 기록해야 하는 끝나지 않는 작업이다. 때로 이것은 "잠은 뿌리를 가지고 있다 너무 깊어서 그랬는지 그 웅덩이에서 사나흘 눈을 뜨지 못했다"(「가령, 꿈」)에서처럼 깊은 잠의 상태로 그려지고, "심장으로 켜져 있는 저녁으로/멀리서 나는 서 있었다"(「이를테면, 나의 행성」)에서처럼 한순간에 붙박인 채로 그려진다. 그리고 이는 시인의 육체로까지 이어진다.

> 늘어진 혓바닥은 자꾸 마르고
> 말라서 침이 흐른다
> 어디든 갈 수 있어도 어디로 가는지 모르니
> 멈춰 서는 게 가장 두렵다
> 이빨을 드러내며 짖어대던 때가 차라리 나았다
> 두 눈은 이제 먼 곳을 바라볼 뿐
> 발바닥은 보이지 않는다
> 아무도 거들떠보지 않아도
> 어디나 위험하다
> 아무도 거들떠보지 않아서
> 어디라도 보아야 한다
>
> ― 「부은 발」 전문

정신이 육체와 떨어져 있을 때, 마음은 더 격렬하게 요동친다. 육체는 종종 의지와 상관없이 흐르고, 멈추고, 주저앉는다. 의지와 상관없이 헛바닥이 마르고, 침이 흐른다. 그러면 마음은 울부짖는다. 어디로 가는지 모르겠다고, 몸이 자꾸 제 스스로 움직인다고. 도리어 그럴 때는 멈추는 것이 두렵다. 정신과 육체가 멀어져 있는 이 상태는 움직이고 있으나 움직이지 않는 상태이다. 그 까마득한 간극 사이에서 마음은 "이빨을 드러내며 짖어대던 때가 차라리 나았다"고 말한다. 그 양극을 메우고 있는 마음의 비명들은, 퉁퉁 부어 있는 발을, 그래서 보이지 않는 발바닥을 보며 말한다, 어디라도 보아야 한다고.

『알바니아 의자』 4부에 다다르면, 시인이 육체에 집중하고 있다는 것을 알 수 있다. 그런데 이 육체는 「부은 발」에서 보듯, 어그러지고 때론 너무 멀리 있는 것들이다. 사물의 자리에 자신을 놓고, 그것을 통해 보이고 들리는 것들을 젖은 귀로, 부드러운 귀로 담아내던 시인은 "더더욱 멀리 가고 싶은 이유들이 만들어진 오늘"(「오른쪽 왼쪽」)을 발견한다. 그것은 "내게서 내가 멀어지고 싶"(「아직 귀가 젖어 있다」)고, 계속하여 반복될 것 같은 순간과 영원의 통증으로부터 벗어나고 싶기 때문이다. 그리고, 그것을 가능하게 해 주는 것은 하나의 문장이다.

　　무릎이 찢어진 청바지 위로 새끼손가락 문신이 내게
닿았다
　　아프다는 말을 전해 들었다

　　이십 층 발코니에 천일홍 꽃씨를 심은 적이 있었다
　　아무렇지 않은 한 문장에 마음이 접히어
　　몽골로 떠난 사람을 알고 있다

　　냉동고에는 작년 겨울에 아이가 만든 눈사람이 그대
로 뭉쳐 있었다
　　무언가 말하고 싶었지만
　　먼 문장은 비밀스럽게 싼 마른 종이로 펼쳐졌다

　　아프다는 말을 아프지 말라고 쓰고 있었다

　　　　　　　　　　　　　　　　　―「한 문장」 전문

　어떤 한 문장에 마음이 이끌려 멀고먼 몽골로 떠난
사람처럼, 문장은 한 사람의 인생을 흔들어 놓기도 한
다. 결국 문장이란 때로는 불가능한 것들을 결합하고,
이끌고, 서로 연결을 짓는 것. 고통이 시작된 자리로

시작하지만, 그것으로부터의 불가능한 회복을 그리며 끝나는 이 시는, 오로지 시인 내면을 응시하고 움직이고 있다. 그리고 문장을 통해, 문장을 넘어서고 있는 마음의 도약을 보여 준다. 동시에 이는 불가능함을 극복하려는 섣부른 희망이 아닌, 부재하고 있는 어떤 것을 향한 회복의 다짐으로 확장된다. 아프다는 말을 아프지 말라고 쓰고 있었으므로, 아픔은 이미 실재하는 것이다. 그리고 그것은 "먼 문장"이다. 이 "먼 문장"을 다시 소환하여 반대의 문장으로 치환함으로써, 시인 스스로 위로와 회복의 힘을 얻는 것이다. 이때 시인은 한 문장을 통해 몽골로 떠난 누군가처럼, 현실의 고통으로부터 벗어날 수 있는 회복의 영토를 획득하게 된다.

정정화의 『알바니아 의자』는 문장을 통한 현존의 변주로 가득하다. 사물이 되고, 사물이 되어 외부의 소리를 듣고, 이를 통해 내재되어 있는 고통과 마주하며, 현실의 고통으로부터 회복의 영토에 다다른다. 그리고 이 모든 과정을 문장으로 구성한다. 당연히 이것은 문장을 향한, 말을 향한, 그것의 기록을 향한 단단한 믿음으로부터 시작된 것일 테다. 시인에게, 그리고 우리에게 문장은 믿음이고, 사랑이고, 회복이므로. 마지막으로 『알바니아 의자』에 있는 시 한 편을 덧붙인다. 이 시는, 이 글을 쓰고 있는 한 까마득한 후배가, 그리고 정정화 시인과 함께하는 이들이 건네고픈 말을 온몸으로 담고 있기 때문이다.

벽돌집은 비에 젖었을 때 가장 따뜻한 색을 만든다
넌 스트라이프 양말을 좋아했고
아이스커피가 담긴 텀블러를 들고 다녔지
우리가 앉은 창가에는 돌담과 은행나무가 있었어
도넛은 흰 접시에 담겨 있고
여름이 다 지나간 것 같아 긴팔 셔츠를 입었을 때
단추가 떨어져 버렸다

내가 앉은 창가에서
알약은 다섯 알
모두 삼켜야 하루는 이어지고
하얀 종이에 물이 쏟아지면
젖은 종이는 젖은 채로 구겨졌다
횡단보도 건너 편의점
파라솔은 여름이 지났지만 언제나 활짝 펴져 있다
그 아래에서는 하고 싶지 않던 말도
할 수 있을 것 같다

병원 입구에는 벵갈고무나무 화분이 있다

의자에 앉아 약이 도착하기를 기다린다

수술은 간단해요 그 부분만 떼내면 됩니다

의사의 말은 라틴어 같았다

괜찮다는 말

스웨터처럼 올이 풀리지 않기를

— 「괜찮다는 말」 전문

알바니아 의자

2022년 9월 25일 1판 1쇄 펴냄

지은이	정정화
펴낸이	김성규
편집	김은경 김도현 김채현
디자인	신아영
펴낸곳	걷는사람
주소	서울 마포구 월드컵로16길 51 서교자이빌 304호
전화	02 323 2602
팩스	02 323 2603
등록	2016년 11월 18일 제25100-2016-000083호

ISBN 979-11-92333-26-7 04810
ISBN 979-11-89128-01-2 (세트)